우리 허들링할까요

시작시인선 0276 우리 허들링할까요

1판 1쇄 펴낸날 2018년 11월 19일
지은이 이은
펴낸이 이재무
책임편집 박은정
편집디자인 민성돈, 장덕진
펴낸곳 (주)천년의시작
등록번호 제301-2012-033호
등록일자 2006년 1월 10일
주소 (03132) 서울시 종로구 삼일대로32길 36 운현신화타워 502호
전화 02-723-8668
팩스 02-723-8630
홈페이지 www.poempoem.com
이메일 poemsijak@hanmail.net

ⓒ이은, 2018, printed in Seoul, Korea

ISBN 978-89-6021-400-2 04810
        978-89-6021-069-1 04810(세트)

값 9,000원

*이 책은 2014년 아르코문학창작기금의 수혜를 받아 발간되었습니다.
*박경리 문학관에 거주하면서 창작한 시가 실렸습니다.

우리 허들링할까요

이은

천년의
시 작

시인의 말

얼굴이 흘러내렸다

테두리를 쳤다 정물화가 되었다

세잔의 그림처럼

테두리를 지우자 얼굴이 희미해졌다

손으로 잡으려 하였으나

자꾸 미끄러졌다

테두리 밖으로 얼굴이 흘러내렸다

거울 속에서 얼굴이 사라질 때까지

밖에 세워두었다

얼굴이 안으로 들어오려고 몸부림쳤다

얼굴이 비인칭적인 모습으로 완성되었다

거울을 천장에 매달았다

얼굴이 없는 여자가

기어 나왔다

2018년 11월

이은

차 례

시인의 말

제1부

눈동자를 꽃잎에 올려놓았을 때

꽃이 폭발하였다
전신으로 불이 확 번졌다
불꽃이 뱀의 혓바닥처럼 날름거렸다
연두가 찬란히 꽃 피웠다
내가 눈알을 나뭇가지에 올려놓았을 때
살갗을 찢으며 울음이 터져 나왔다
꽃도 바람도 흔들리지 않았다
전신이 울음이었다
내가 눈알을 주워 들고 하늘을 올려다보았을 때
새들이 푸른 하늘로 투신하고 있었다
꽃잎 하나 주워 들고 네가
봄날 오후의 대뇌와 소뇌를 쪼고 있었다
내가 눈알을 뽑아 저잣거리에 던졌을 때
알알알 굴러가는 거기,
민들레꽃 한 송이 웃고 있었다

연기 나무가 피어오른다

걷고 걷다가 이대로 사라져도 좋겠다고
생각하는 순간
어디서 매캐한 냄새가 풍겨온다
들판에서 감자 넝쿨 마른 잎을 태우는 연기가
불꽃처럼 피어오른다
실종된 아이들은 어디로 갔을까
연기가 하늘로 올라간다

우리는 거대한 연기가 만들어 준 궁륭 아래
사는 것일까
작은 새야, 날아오르렴 저 연기들 위를 날면서
더 높이 날아오르렴
저기 춤추는 화려한 불꽃을 보아라

거미 한 마리 풀썩 노을을 안고 불 속으로
뛰어든다
너무 뜨거워 꺼낼 수가 없다
탁, 탁 불꽃 터지는 소리 들린다 거미가 불꽃을
다 삼켜버린 걸까?

온통 푸르고 회색을 띤 연기가 가벼이 솟구쳤다가
사위어간다
이 지상에 한 번도 발 닿은 적 없는 어떤 향기가
들판을 스쳐 지나간다

이대로 어딘가 도착해도 괜찮겠다는
생각이 든다
가없이 드넓은 존재가 나를 차지했으니
이제 흙집에 들어가 한 며칠 묵었다 갈까
한 노파가 감자 넝쿨처럼 얽힌 실타래를
감았다 풀었다 하는
대바늘 부딪치며 털옷을 짜고 있는
실 한 꾸러미가 굴러가는

어느 집 굴뚝에서 연기가 피어오른다
거미는 불꽃을 삼키고 허기를 채우는데
사라진 아이들은 어디로 갔을까

우리 허들링*할까요

　눈을 떠보니 방 안에 사우스조지아섬 황제펭귄이 들어와 있었어요 하얀 벽을 배경으로 눈 폭풍이 몰아칩니다 TV 화면 속에서 펭귄이 알을 부화하고 있는 중이구요 난 오지 않는 잠을 끌어당겨 펭귄 자궁이 열리고 알이 떨어지는 순간을 보았지요 내 발등에서 네 발등으로 알이 옮겨 다니는 동안 알이 떨어질까 봐 조바심쳤지요

　남극 블리자드가 불어오기 시작했어요 누군가 먼저 휘파람을 불었어요 황제펭귄 수천 마리가 일사분란하게 허들링하기 시작했어요 일개 군단을 이루고 맨등으로 눈 폭풍을 맞고 있었어요 밖으로 밖으로 조금씩 몸을 비비며 안으로 안으로 몸을 밀며 들어가고 있었어요

　지하철 역사 안 눈 폭풍을 피해 사람들이 밀려들었어요 온통 까만색 패딩을 입은 사람들이었어요 검은 펭귄들이 우글거렸지요 빙산 같은 콘크리트 벽을 배경으로 줄지어 서있었어요 어둠 저 너머 눈보라는 멈추지 않았어요 빽빽이 들어찬 지하철 안은 더운 김이 푹푹 올라왔어요 그 순간 지하철은 적당히 흔들렸어요 그럴 때마다 펭귄 사람들은 조금씩 조금씩 몸을 비스듬히 세워 안으로 안으로 밖으로 밖으

로 발을 옮겼어요

좌로 우로 둥글게 둥글게 나선형을 그리며 안에서 밖으로 밖에서 안으로 움직였어요 모자를 눌러쓴 남자의 콧김이 얼굴에 닿을 듯해요 이제 곧 빙하기가 올지도 몰라요 꽁꽁 언 발을 내려다보는 저녁이었어요

우리가 견뎌야 할 야생의 시간, 눈덩이를 알로 착각한 펭귄처럼 우리는 말없이 내 발등에서 네 발등으로 네 발등에서 내 발등으로 펭귄 알을 옮기고 있었어요 지하철 문이 열리고 어디서 눈보라가 들이치는지 한 무리 펭귄들이 들어왔어요 서로 몸을 비비며 안으로 안으로 밖으로 밖으로

옆구리로 옆구리로 온기를 전달하며 몸 비비는 동안 철커덕철커덕 환승역이었어요 눈 떠보니 줄지어 자리에서 일어나 문을 빠져나가고 있었어요 조금 전에 우리는 잠시 허들링한 걸까요?

* 허들링Huddling: 영하 50도에 이르는 남극의 눈 폭풍과 추위를 견디기 위해 황제펭귄들이 몸을 밀착하는 집단행동.

꽃 몰아가는 힘[*]

가 닿아야 할 곳이 있다 팔다리가 허공에 결박당한 채
꽃눈을 얹어야 할 곳을 찾아

얼었다 녹았다 한생이 흐물흐물해질 때까지
목질 내부를 왔다 갔다 하는

물줄기의 끝
도화선 속으로 타들어 가면서 붉은 피를 몰아간다

꽃이 올라오는 것을 볼 수 있다면
온몸에 새겨진 지문에서 뿌리가 자라난다면

피어라 꽃이여
목질 내부에서 울부짖는 소리가 깊어진다

본래 너는, 누구의 말을 받아 적는 땅이었느냐
녹색 광선이었느냐 발광 엘이디였느냐

너는 어디 있어 아직 가 닿지 않느냐

바람이 바람이기 전에 숨이었듯 나무가 나무이기 전에
숨이었듯
나는 나이기 전에 숨이었느냐

꽃이 꽃이기 전의 꽃이여
꽃 피우러 가는 목질의 내부여

네가 마지막으로 두드렸던 가지 끝에서
어느 몸이 욱씬거린다

* 딜런 토마스의 시 「푸른 도화선 속으로 꽃을 몰아가는 힘이」에서
  인용.

재규어가 무늬를 새기고 있다

종일 서성거리는 빛 한 줄기가 유리창을 뚫고 들어온다
살금살금 발꿈치를 들고 재규어의 꼬리 밟기 놀이를 한다
길어졌다 짧아졌다 사라졌다 나타났다

저것이 재규어라면 울타리 너머 장미 넝쿨이 재규어라면
어딘가 숨어서 죽음의 냄새를 맡고 있는 거라면 빛 덩어리
가 내 몸속으로 제 몸을 욱여넣는 거라면

내가 가끔 재규어에 기댈 때나 재규어가 옆으로 밀려나
어둠을 들이밀 때나 재규어가 차가운 두 손을 내밀 때나 모
르는 바깥 풍경 같은 얼굴들이 지나가고 다시 돌아오고

재규어들의 물결 속 낮인지 밤인지 모르는 시간 자동차
바퀴처럼 무한히 원을 그리고 있고 나는 유리 너머의 세계
에서 재규어를 가지고 놀다가

밤이 낮을 밀어 넣으려는지 낮이 밤을 밀어 넣으려는지
어둠이 밀려오고 내 그림자가 사라진다 그 순간 재규어 한
마리가 시간 바깥에서 물결치고 있는 중이라면

나는 가지고 놀던 재규어를 향해 자꾸 당신이 누구냐고 물어본다

발등에 뛰어내리는 빛 한 줄기 털 벗겨진 재규어가 개의 발목에 붕대를 싸매 준다 오늘도 왼쪽 콧구멍으로 들어간 공기가 오른쪽 콧구멍으로 빠져나올 때까지

재규어가 캄캄한 하늘에 무한히 검은 무늬를 새기고 있는 중이라면

태어나지 않은 집

물이 끓고 있었고
방 안은 수증기로 가득했고
저 하얀 물을 건너가려고

나는 얼굴 없는 시간 속에 깊숙이 잠겨있었고
그곳은 물의 집이었고

또 계집애야? 치워버려!

꿈인 듯 아버지의 목소리를 들었고
미세한 떨림, 미세한 숨결이 다리로 전해졌고

나도 모르게 나는
하나의 물방울로 까만 꽃씨로 하얀 꽃으로
물의 자궁을 떠다니는 익사체로 도망치기 시작했고

아득한 어느 시간의 밖에서
문득, 물의 기척을 느꼈고
물 위를 잠방잠방 건너오는 한 아이의 다리를 보았고
겁에 질린 아이의 늘어뜨린 팔을 보았고

문밖에서 누군가

아직도 살아 움직여

하는 소리를 들었고

나는 다시 물속을 이리저리 도망치기 시작했고

빽빽한 실핏줄의 그물에 뒤엉켰던 어느 꿈속처럼

물 위로 떠올랐고

허공에서 뜨거운 물이 확 쏟아졌고

목련 신발

목련 나무 아래를 지나가면
희끗희끗 어른거리는 것 그 사람이 나무 그늘에 앉아
있는 것 같은

하얀 발목이 보이는 것 같은 복숭아뼈가 도드라진
사람의
발등이 보이는 것 같은

너무 환해서 그 아래에 가면 그늘이 없는 것 같은
그 사람이 세 들어 살던 목련 나무는
신발을 조등처럼 매달았다

객사한 아버지 누워계시고 관 위로 목련꽃 뚝뚝 떨어지고
그 나무 아래 지나갈 때면 하얀 신발 한 켤레
가지런히 놓여 있는 것 같은

그 신발 속에서
꽃 사태 지고 꽃비 쏟아질 것 같은
봄날
자꾸 신발 뒤축이 목련 나무쪽으로 기운다

얼굴의 바깥

1
악, 굴러가는 얼굴얼굴얼굴
얼굴은 안입니까 밖입니까
왜 얼굴이 어둡다 밝다고 합니까
얼굴은 명사입니까 형용사입니까

얼굴이 목에서 떨어질 때
그것은 있습니까 없습니까
당신의 얼굴은 바깥입니까 안입니까

어제의 얼굴과 오늘의 얼굴을 마주합니다
난 네가 누구인지 모른다고 합니다
이럴 때 얼굴은 섬입니까 바다입니까
안의 섬입니까 섬의 밖입니까

2
얼굴이 굴러갑니다
어딘가 부딪치지 않으면 견딜 수 없다는 듯이
벽에 부딪칩니다
벽이 놀라 피 칠을 합니다

당신이 계단에서 몸을 날렸을 때
굴러가는 얼굴이 비명을 질러댑니다
이럴 때 얼굴은 명사입니까 동사입니까

오늘 아침 당신의 얼굴은 맨 처음 온 손님이라는
생각이 듭니다
마흔일곱 바늘이 얼굴을 드나드는
동안
빛이 탁자 위에 떨어진 얼굴을 주워 쌓아놓았습니다
무너지는 얼굴 굴러가는 얼굴 흘러내리는 얼굴
얼굴
    얼굴
       얼굴
이럴 때 얼굴은 3시입니까 9시입니까

3
얼굴이 얼굴 밖에서 안으로 들어오려고
합니다 이때 얼굴은 안입니까 밖입니까
바깥에서 뽀얀 숨이 올라옵니다
유리창에 새들이 파닥거립니다

나는 나의 얼굴을 향해 달리기 시작합니다

얼굴

    얼굴

       얼굴

불타는 배꼽

아홉 시간째 당신의 임종을 지키고 있다
당신의 배꼽이 허파꽈리처럼 부풀어 올랐다
당신의 배꼽이 숨 가쁘다

꽃 떨어진 자리에 죽음의 심지를 박아 넣었나
누가 심지에 불을 붙였나
침을 흘리며 동공이 풀린 채 가래를 갸르릉거리고
당신은 지금 죽음을 불태우는 중

우리는 배꼽 자리에서 나왔다 배꼽이 활짝
피었다가 죽음으로 돌아가는
길목에 죽음의 새끼들이 빙 둘러있다

당신은 본래 왔던 곳
배꼽 속으로 들어가기 위해 숨을 몰아쉬고
난 그저 당신의 배꼽을 오래 생각하고
있을 뿐이다

언젠가 당신 배꼽을 지나온 적이 있다
당신의 배꼽에서 깔깔 웃으며 자지러지고

배꼽을 잡고 바닥을 뒹굴다가

아이가 엄마 이거 복숭아 배꼽이야? 이건 사과 배꼽?
이건 참외 배꼽?
하는 것처럼 꽃 떨어진 자리

그곳을 날아가는 새처럼 빠져나온 적 있다

불타는 배꼽에서 칡넝쿨 같은 죽음이 뻗어 나온다
빙 둘러 서있는 죽음인
우리는 배꼽을 나누어 가진 사이

늙은 나무 상여꾼

아무리 잘라내도 잘라내도
무럭무럭 자라나는 늙음을 막을 수 없다
나무는 기어이 벽을 뚫고 담벼락을 허물어뜨린다
몸통에서 팔다리가 자꾸 뻗어나가 지붕을 가리고
하늘을 덮어버린 나무

그해 여름 번개 맞아 찢어진 나무
동네 아이들 기어오르고 뛰어내리고
발에 차여도 제 몸 한 번 굴려 일으켜 세우지 못하는 나무
그래도 방문 열어놓고 귀를 세우고 있는 나무
나뭇가지 사이로 비가 내리고
찬장에 간장 종지 두어 개 놓여 있는
시커멓게 속이 타버린 나무라기보다는 동굴인
나무 구멍 속으로
고양이가 곁방살이 하다가 일가를 이루고 있는 나무

가운데 휑하니 뚫려 있는 구멍
안으로 들어가니 치매 할머니 한 분이 앉아계시고
알록달록 상복 입으시고
너무 잘 먹여 줘서 죽으려야 죽을 수 없구나

하는 소리 만가처럼 들린다

제 혼자 장례를 치를 수 없는
330년 묵은 느티나무 이파리 다 떨구고 가는 길
상여꾼 같은 바람이 분다

미로

그가 은퇴 후 미로에 가서 살고 싶다고 했다
미로는 첩첩 산골
사람들에게 미로를 물으니 아는 이가 없었다 몇 바퀴를
돌고 돌다가 미로 골짜기에 서서 지나가는
한 노파에게 물었다

미로가 어디 있습니까?
뭐라고요? 어디서 오셨오? 어디 사람이오 하고 묻는다
매미 울음소리가 쏟아진다

이곳은 무슨 시간입니까?
앞산이 대답한다
여기는 시간도 공간도 아닙니다

미로의 넝쿨을 헤치며 걸어갔다 너와집을 지나 이끼 계
곡을 지나
산지기가 길을 막았다 당신 왔던 길을 되돌아가야 합니다

미로는 보수공사 중이고 지난 장마에 길이 무너져 올라
갈 수가 없습니다

나는 미로에 갔지만 미로에 가지 못했다 미로가 미로의
쳇바퀴를 돌리고 있었다

그곳에서 나는 끝없이 태어나는 미로를 보았다

오늘의 입술

나는 루주를 바르지 않고 외출했다는 걸 알았다 쇼윈도
속의 나는 핏기 하나 없는 여자가 되어있었다
순간 불안해지기 시작했다 나는 낯선 사람이 된 것에 성
공한 걸까?

화장품 가게에는 맛있는 사탕 냄새가 났다 딸기 맛 루주
를 바르고 사탕처럼 빨면서
세종로를 걸어갔다 한 여자가 붉은 입술 무늬 원피스를
입고 지나갔다

아랫입술을 빨았다 혓바닥에 딸기 씨 같은 돌기들이 돋
아났다 딸기 맛 레몬 맛 자몽 맛 코코아 맛 가지가지 입술
들이 지나갔다

카페에 들어가니 커피 잔에 빨간 입술이 배달되었다 입
술 모양 펜던트를
한 여자가 휴대폰에 대고 낄낄거렸다

입술들이 바닥에 뒹굴었다 떨어진 입술을 줍느라 나는
늦게 귀가했다

오줌이 고인다

몸통에서 오줌이 익어간다 내일 마실 맥주가 오크통에서 익어가는 동안 나는 지린내를 맡으며 나의 촉수에 불을 켜고 있다 어느 날 긴 밤에 밝은 빛이 창작실을 비춘다 아래층에 내가 세 들고 위층에 소설가 한 분과 영국에서 온 시인이 세 들었다 그들은 매일 밤 내 머리 위로 오줌을 싼다 나는 깊이 잠들었다가 깜짝 놀라 일어난다 장맛비 같은 무슨 욕 같은 오줌 줄기가 천장을 뚫고 내려온다 소설가 오줌 줄기는 길고 가늘다 오래도록 졸졸졸 내려온다 가문 날에 물 주듯이 흘러내린다 시인의 오줌발은 짧고 굵다 쥐 떼처럼 우르르 몰려왔다가 우르르 지붕 갉아먹는 소리를 내며 흐른다 머리 위 변기통이 끓어 넘친다 영국에서 온 시인은 안개비처럼 싸는 걸까 시도 때도 없이 싼다 두 여자의 오줌발이 머리 위에서 오줌꽃을 피우는데 나는 솜털 하나 젖지 않는다 그때 나는 입을 틀어막고 방 안에 고요히 떠있다 오줌 세례를 받을 때마다 나는 무엇엔가 씻겨 나가는 것처럼 정신이 맑아진다 이곳 방광 마을은 기 센 사람들이 우글거리는 곳이라 때로 귀신들이 분탕질을 하기도 한다 글발이 쎈 곳이라 오줌발도 센 걸까 방광에 오줌이 가득 찰 때까지 밤마다 불을 환하게 켜놓고 싼다 아니 쓴다 오줌을 쓴다 글을 싼다 그냥 싼다 나오는 대로 쓴다 그들이 푹푹 익은 오줌을 내 머리 위에 싸는 것처럼 나도 오줌을 받아먹었으니 쓰러 가야겠다 싸러 가야겠다

월병月餠

한 사람이 죽으면 한 사람이 태어날 것 같은 문자들을
나는 자꾸 목구멍에 집어넣습니다

목숨 수壽 복 복福 기쁠 희喜 묘할 묘妙 장수 장將
화덕에서 태어나고 죽는 문자들입니다

어느 가게에 들어가니 월병 위에 생로병사生老病死 일월日
月 문자들을 박아놓았습니다
점원은 달거리하는 나에겐 월병을 팔지 않겠다고 합니다

하지만 나는 월병을 먹지 않아도 밀물 때와 썰물 때 얼음
이 얼었다 녹았다 하는 계절을 읽을 수 있습니다

중국인 거리는 대낮인데도 캄캄한 밤입니다 길거리에 서
있는데도 몸에서 하얀 가루약이 흘러내립니다

월병을 한 입 베어 물자 달의 뒤편으로 내가 사라집니다
내 몸에서
풍등처럼 타올랐다가 달의 아이들이 태어난 적 있습니다

구름빵을 먹는 소녀는 생리혈을 줄줄 흘리고 다닙니다
늙은 어머니는
목숨 수壽자 복 복福자 기쁠 희喜자 월병을 다 먹어치웠
습니다

장님 점원은 화덕에서 자꾸 월병을 찍어냅니다

불의 집

불씨가 불씨를 삼키고 뱉어낸다 불덩이가 무덤 열 기를 태
우고 내려온다

백 년 동안 무덤 속으로 스며든 불씨가 산 하나를 다 먹어
치우는 동안
불의 산, 불의 나무들이 넘어진다

불의 집으로 들어간다 불씨가 육신들을 불러 모은다
위 무덤은 5대조 할아버지 할머니 무덤이고 아래 무덤은
6대조인가 8대조인가
몇 대조를 걸쳐 내려온 육친들이 모여들었다

불탄 무덤 위에 생솔가지 하나 얹는다 혼이 빠져나갈까 봐
방편으로 해놓은 것이다

불의 입구가 보인다 불씨가 무덤을 삼켜버리면 그 무덤은
망자의 혼이 빠져나간 집이 되고
불씨가 집을 집어삼키면 그 집은 불의 집이 되고

불의 집으로 들어가 빗자루로 쓴다 불타 버린 재가 쏟아지고

그 재를 뒤집어 쓴 여인이 울부짖는다

숯검댕이가 된 사람들이 방방마다 제 무덤을 차고 누워있다
불기둥이 무너져 내리고 오래전 죽은 육친들이 기어 나온다
뼈들을 맞추며 일어난다

그것은 본래 불의 집이었으므로

제2부

거울을 방 안에 내버려 두면 안 된다

구름을 잔뜩 껴입고 거울이 흘러내린다 바람에 펄럭이는 구름 커튼 사이로 수직으로 떨어지는 햇빛 거울이 얼굴을 찡그리며 고양이처럼 몸을 웅크린다 거울이 안아달라고 보챈다 나는 거울이 너무 차가워 껴안을 수가 없다 거울이 자꾸 거울 속의 얼굴을 밀쳐 내고 거울을 향해 고함을 지른다 밤새도록 저기 서서 나를 노려보는 놈 내 돈을 훔쳐 가고 내 목을 조르는 놈 황소 같은 눈알을 부라리며 나를 빤히 쳐다보고 있는 놈 저놈 저놈의 모가지를 비틀어버릴까 보다 주먹을 불끈 쥐고 좋다 네놈을 단번에 패대기를 쳐버릴 테니 들어오기만 해봐라 거울은 거울에 비친 제 모습을 보고 겁에 질려 벌벌 떤다 거울을 혼자 내버려 두면 안 된다 거울의 얼굴이 벗겨질 때까지 거울의 시간에 기대어 바싹 마를 때까지 거울은 거울 밖으로 나오지 못하고 평생 거울에 갇혀 산다 그럴 때면 엄마는 둥근 거울 속 낙타였다가 강아지였다가 까마귀였다가 거울 속에 무덤같이 들어앉은 이 누구인가

등뼈를 곧추세우고 목을 길게 빼고

몸 밖으로 노래를 밀어낸다
노래라기보다는 중얼거림 중얼거림이라기보다는
목구멍에 닿지 않는 울음

음정 박자를 잃고 중얼거림이 되어버린
리듬을 잃고 말이 되어버린 노래가
뼈와 살을 일으켜 세운다

흥을 만들고 춤추게 하고 어깨춤을 들썩이게 하는
노래가
등뼈를 곧추세우고 목을 길게 빼고
춤을 춘다
멈추지 않는 노래가 두 눈을 뚫고
흘러나온다

노래가 몸 지층을 뚫고 나온다
낮과 밤을 버무리는 엄마의 노래가
얼굴 모든 주름을 끌고

노래가 똥을 밀어내고 똥이 노래를 밀어내는 저녁

엄마가 부르는 노래가

산을 넘어 구만리장천을 날아간다

아무르

엄마는 매일 벽에다 똥을 비비고 나는 비명이라도 질러야
살 수 있을 것 같은데요 엄마를 빨간 대야에 담갔다가 건졌
다가 했는데요 냉장고에 코를 박고 있는 엄마가 죽인지 밥
인지 모르는 엄마가 개밥을 입에 털어 넣었을 때는 엄마가
개인지 엄마인지 모르는 나는 내가 개 엄마인지 엄마 엄마
인지 모르겠구나 생각했어요 나는 개를 기르는 죄밖에 없는
데요 엄마가 배고파 배고파 하면 개밥을 줘야 할지 죽을 줘
야 할지 헷갈리는 엄마와 나란히 누웠다가 엄마 살이 그리
워 살갗인지 젖인지 그냥 문지르는데요 그때 엄마가 먼저
내 살을 꼬집으며 종아리를 비트는데 얼마나 힘이 센지 나
도 질세라 엄마 종아리를 꼬집었는데요 그렇게 우리는 꼬집
기 놀이를 즐겼는데요 살과 살을 비비다가 꼬집다가 엄마
빨리 죽어야지 통칠하면서 살면 안 되지 내가 그랬는데요
아직 멀었다 아직 안 죽는다 엄마는 정말 똥인지 오줌인지
구분하지 못하는 걸까 엄마가 시방 숨을 쉬는지 안 쉬는지
코에다 손을 갖다 댔는데요 매미 한 마리가 방충망에 붙어
비명을 질러댔는데요 그날 밤 매미는 방충망에 허물을 벗어
놓고 사라졌어요 나는 터진 등가죽에서 날개 한 쌍 꺼냈어
요 베란다에는 엄마의 허물들이 무슨 깃발처럼 펄럭였어요
엄마의 버둥거리던 사지는 어디로 갔을까요 화장실로 들어

간 개가 똥인지 오줌인지 비비고 있었어요 나는 개를 기르
는 죄밖에 없는데요

발바닥과 바닥 사이

엄마가 죽었어요 겉옷도 벗지 않은 채 그것이 죽음에 대한 예의인가요 목을 매달고 죽은 엄마의 옷장에는 입지 않은 검은 옷들이 가득했어요 옷장 문이 스르르 열리고 옷들이 쏟아졌어요 팔다리가 뒤엉킨 옷들이 시체처럼 몸을 빠져나갔어요 옷을 빠져나온 팔이 되어 꿈틀거렸어요 엄마가 죽었어요 그날 밤 엄마가 빠져나가는 소리가 모래사막에 쓸려가는 바람 소리처럼 들렸어요 넥타이 목줄이 팽팽하게 조여왔어요 창밖으로 늙은 개 한 마리가 지나가고 있었어요 목이 딸려 올라갔어요 엄마는 발끝을 바닥에 닿지 않으려고 얼마나 몸을 둥글게 말았을까요 발끝과 바닥 사이가 너무 멀었어요 엄마가 죽었어요 나는 네 발로 기었다가 걸어갔다가 누군가의 손을 잡았어요 제 엄마예요 예쁘죠 얘들아, 우리 엄마야, 이모는 왜 이리 이쁠까요 아빠는 이모라는 여자를 데리고 왔어요 엄마가 죽었어요 엄마는 나에게 밥을 해주고 싶어 하는 여자 난 이모를 엄마라 부르기 시작했어요 엄마, 엄마 자꾸 부르니 이모가 나에게 맛있는 걸 주었어요 이모가 나를 안아주었어요 그날부터 난 예쁜 이모의 껌딱지가 되기로 했어요 입안에 넣고 불면 부풀어 오르는 껌 입천장에 딱 붙어 떨어지지 않는 껌 입안에서 혀처럼 굴러다니는 껌 둥글게 말았다가 삼켜버린 껌 이빨이 아프도록 씹다

가 목구멍에 철썩 달라붙은 껌 껍딱지 엄마가 죽었어요 단
물이 그리워지는 밤 내 음경에서 빠져나온 별들이 밤하늘에
축포를 쏴 올려요 창문 밖에서 누군가 발끝으로 걸어가고
있어요 발바닥과 바닥 사이 아무것도 없는데

완화 병동

여기가 어딘가 아무리 로그아웃을 눌러도 꺼지지 않는 방 빛이 쏟아지는 여기는? 숨을 몰아쉰다 의식이 흐릿해진다 화면이 꺼지지 않는다 내가 접속하고 있는 곳은? 눈을 감으면 머리 속 회로가 뒤엉킨다 알 수 없는 화면들이 자꾸 나에게 인증을 요구한다 화면 속에 화면이 겹쳐서 나타난다 누군가 내 얼굴에 뺨을 비비며 흐느낀다 정수리에 어른거리는 그림자가 있다 내 귀에 대고 누군가 말한다 흰빛을 따라가세요! 나는 아이처럼 손가락을 꼼지락거려 본다 움직인다 화면 속에서 무수히 많은 내가 있다 나는 순식간에 무한 복제 되고 있는 걸까? 나도 모르게 불법 사이트에 들어간 것일까? 화면을 청소하라고 코드 블루가 발동된다 병원 전체에 경보음이 울린다 여기는 누구의 비명 속인가 빛을 따라서 가본다 빛의 미끄럼틀을 타고 내려간다 뇌수가 백색 공간으로 빨려 들어간다 물 밑 화면들이 다시 나에게 인증을 요구한다 나는 송두리째 몸을 던진다 몸이 찢어지면서 홀로 그램이 터져 나온다 이 거울의 방에서 빠져나가지 못한다 현기증이 나는 경사면을 내려간다 심장박동기 뒤에서 죽은 내가 가만히 나를 내려다보고 있는 것이 보인다

이상한 봄날

무엇에 홀린 듯 밖으로 뛰어나갔다
산을 타고 올랐다 안개가 밀려왔다 안개가 발뒤꿈치를 찍
으며 따라왔다 허연 이빨을 드러내고
사납게 나를 휘감았다

나는 꼼짝없이 안개에 잡혔다 공포가 밀려왔다 돌을 던져
도 손을 휘휘 저어도 사라지지 않는다
나도 모르게 십자 성호를 그었다

이 정체 모를 두려움은 무얼까 가쁜 숨을 몰아쉬었다 안
개는 멧돼지처럼 뒷발길질하며 콧김을 내뿜었다 불꽃 튀기
는 한판 싸움을 하자는 것인가

나는 뛰었고 돌아보았으나 아무도 없었다 나무에서 김이
피어올랐다 흔적이 남지 않은 발자국을 찍으며
나는 도망치듯 산을 내려왔다

산 아래 마을에서 낮닭 우는 소리 들렸다

어제 죽은 친구는 어디에 있을까

짐승들의 뼈들로 가득 차있었다
팔다리를 갈라놓으려 해도 갈라지지 않고
아가리들은 다물어지지 않았다

어제 죽은 친구는 어디에 있을까
어제 죽은 어머니 뼈는 다 삭았을까

냉동고 안에 수백만의 신경세포들이
뒤엉켜 있다 입과 눈, 큰 턱과 눈썹, 촉수들이
붙어서 떨어지지 않는다
등뼈는 누가 몸 안에 쑤셔 넣은 칼처럼
뽑히지 않는다
생선 눈알은 냉동 인간처럼 꽁꽁 얼었다

사골국이 되기 이전의 소 찜이 되기 이전의 돼지 가오리
오징어튀김이 되기 전의 오징어
살아서 꿈틀거리는 것들이 나를 만진다

얼어붙은 뼈 소고기 가오리 오징어들을 분리한다
냉동고 저쪽에서 누군가 나를 노려보고 있다

파헤쳐진 무덤 속을
누가 대칼로 저미고 짓이기고
난도질하는가

죽은 사람으로부터 온 여행 가방

빨간 렌트카를 타고 있었다 화산 분화구를 구경하고 돌아 나왔다 폭우가 쏟아졌고 자동차는 다리 아래로 추락했다 바퀴가 헛발질을 하며 몸부림쳤다 강바닥에서 크레인에 매달려 자동차가 끌려 나왔다

새해 첫날 장례식장에는 사람들로 만원이었다 할렐루야 천국 문 열렸네 하고 찬송가를 부르고 신을 영접하는 것 같았다 화환이 도열해 있는 복도를 지나 가족실에 들어갔다 누군가를 기다리고 있었다

여행 캐리어가 바퀴를 굴리며 장례식장으로 들어왔다 말라버린 물풀이 붙어있었다 꽃다발에 둘러싸여 죽어도 좋다는 듯이 흙발로 들어왔다 바퀴를 굴리며 당신이 도착했다

그때 당신은 수화물이었다 네 개 바퀴를 굴리며 뉴질랜드 남섬을 돌아다니다가 폭우를 만난 비였고 아침 식탁에 올라온 1월 1월이었고 어제였고 오늘이었고

빨간 렌터카 핸들이 왼쪽에서 오른쪽으로 조금만 바뀌고 12월 31일이 아니고 1월 1일로 바뀌고 그때 그 순간 다리 위

를 지나가는 그림자고

　남섬을 쏘다니던 흙발, 미처 버리지 못한 꽃다발은 어디
가고 장례식장에서 바퀴를 굴리면서 없는 주인을 찾고 있나

기시감

그가 남자인지 여자인지 알지 못한다
나는 그에게 담뱃불이라도 빌릴까 생각하다가 얼굴을 감
싸고 있는 그의
연기 속으로 들어간다

우리는 거의 매일 같은 시각 같은 장소에서 만난다
102동과 204동 사이 베란다에 서서
마주 서서 담배를 피운다 말하지 않아도 알아들을 수 있
는 사이처럼
연기를 나눈다

어느 날은 그가 먼저 나와 날 기다린다 어느 날은 몰래 나
와 서있어서
서로에게 들킨 적도 있다
그가 담배를 입에 물고 꿈처럼 내 곁을 서성인다

내가 연기를 들이마시면 연기 속으로 그의 얼굴이 빨려 들
어온다
내가 내뿜으면 그의 얼굴이 공중으로 흩어진다
나는 연기를 깊게 한 모금 빨았다가 도넛 모양으로 날린다

앞 동 전체가 그의 얼굴이 된다 그도 목을 빼고 담배 연기를 내뿜는다
　　뒷 동 전체가 그의 얼굴이 된다

　　연기를 그의 가슴으로 획 날려 보낸다 그가 머리를 숙이고 고꾸라진다
　　그의 들이마신 담배 연기가 내 목구멍 속에서 뿜어져 나온다

　　연기로 구워진 얼굴들이 구멍을 빠져나간다
　　한 얼굴이 아파트 한 동을 지고 다른 한 동으로
　　건너가는 게 보인다

　　그가 거울처럼 나를 바라보고 있다

죽은 새

네 죽음을 손에 안았다 깃털 하나 상한 데 없다 날개는 여전히 영롱했다
너는 눈을 뜨고 있었고 낙엽 한 잎을 물고 있었다 날갯죽지에 가을 햇살이 박혀 있었다

비취색 긴 꼬리 두 발의 뒤꿈치가 공기를 움켜쥐고 있었다 그때 솟구쳐 오르는 빛을 보았다 비행운이 지나가고 있었다

너는 갈색 외투를 입고 목에 푸른색 목도리를 둘렀다 오랜 세월 나르시시즘에 빠진 소년처럼 두 눈은 어두운 강가를 바라보고 있었다

나는 들판에 서서 꿈꾸는 새의 냄새를 맡는다 푸른 하늘이 깃털 위에 올라앉아 있다
너는 추수가 끝난 이 들판에서 너의 노동을 마감한 것일까

아직도 따뜻한 체온이 남아있고 부리는 낙엽 한 잎을 입에 물고 금방 날아오를 것 같은데 울타리 위에 너를 올려놓고 돌아왔다 낯선 사람이 너를 찾아서 박제하겠다고 했다

이제 너는 부패와 손을 잡겠지 그 속에 너의 울음을 가두
어버리겠지 페루에 가서 죽은 새들은 다 어떻게 되었을까
꿈마다 이름 모를 새들이 날아다녔다

깃털들이 무리 지어서 내 머리 위에서 원을 그리고 있었다
나는 새의 눈빛으로 떨어진 깃털들을 주웠다

잠든 숨

어머니가 누워있습니다

항문이 열리고 검은 똥을 쌉니다 기저귀를 갈아주고
백발을 빗겨 줍니다
통유리창으로 빛이 저벅저벅 걸어옵니다

빛으로 가득한 벽은 터질 것 같고
흐르지 못한 벽은 방의 모서리를 접습니다
길 끝을 잃어버린 빛은 백발처럼
바닥을 기어 다닙니다

빛이 지나가는 길목이 소란합니다
베란다에 새벽이 가득하고 거리의 소음이 들리기 시작합
니다 길가에 버려진 열한 마리 개를
수거하는 일은 어렵지 않을 겁니다
어쩌면 개는 눈에 들어오지 않을 수 있습니다

빛이 두리번거립니다
먼 곳에서 우르르 쾅쾅 쓰레기 수거차가 지나갑니다
분리수거 함이 비워졌습니다

덜커덩거리며 지나가는
트럭 뒤에 빗자루가 매달려 있습니다

발소리들이 침대를 둘러싸고 있습니다
삼촌들이 돌아가기 전에 아이들이 학교로 등교하기 전에
또 다른 주검을 얼른 치워야 합니다

고요한 잿빛 새벽입니다
어머니. 잡고 있던 빛을 툭 놓칩니다
백 년 동안 끼고 있던 틀니가 벗겨지고
가슴과 가슴 사이 푹 꺼지는 소리
숨이 닫히는 소리
딸깍!

이쁜 짓 할래

아빠를 죽이고 싶어요 손목에서 흐르는 피의 색감으로
아빠의 얼굴을 그렸어요

선생님이 부모님을 학교로 소환한 날이었죠
짧은 치마를 입었다는 이유였지요
핏발이 오른 아빠가 너 죽을래 하고 면도칼을 내밀었어요
나는 기다렸다는 듯이 손목을 그었어요

동생은 이어폰을 끼고 열공 중이었고요 엄마는 넌 죽어도
싸! 입을 꾹 다물었지요
나는 피가 흐르는 방향으로 고개를 돌렸어요

손목에서 선홍색 과육처럼 흘러내리는 피 달콤하고 선
뜻한 감촉
아버지에게 복수하고 싶어요

친구는 아빠한테 골프채로 맞았다잖아요 그것보다 내 손
으로 손목을 긋는 게
낫지 않을까요?

반장이 칠판 구석에 '오늘의 할 일'이라고 썼죠 우리는 다 같이 이쁜 짓! 하고 외쳤죠

오늘은 이쁜 짓 하는 날

얼굴에서 손목이 돋아나왔어요 손목을 꺾어 화분에다 심을까요

보랏빛 나팔꽃 넝쿨손 내밀고 줄 타고 올라갈 수 있을까요

꿈은 멀어졌는데

우리 이쁜 짓 할래? 머리를 빗어내리면서

너 죽을래

죽지 않는 나라

　이렇게 오래 살아서 애들한테 미안해 죽겠어요 얼굴 주름
을 전부 끌어당겨 입가로 모으고 죽기도 힘드네요 그냥 잠
자다가 팍 죽어야 하는데 마음 같으면 오늘 낼 당장 죽었으
면 얼마나 좋겠어요 침샘을 끌어 올려 목젖을 적시고 우리
끼리 이야기입니다만 너무 오래 살았지요 냄새나는 입에서
후 하고 한숨을 뱉어내며 벽에 똥칠할 때까지 살 줄 누가 알
았겠어요 해골 같은 얼굴로 벽을 더듬거리며 이것저것 좋은
거 다 먹고 돌아서면 먹은 줄을 모르는 속으로 이렇게 좋은
세상 살아봤으니 싸고 또 싸고 싼 줄도 모르는 항문으로 내
가 뭘 좀 먹었나 입이 말라 죽겠다는 입으로 우리 손자 장가
갈 때까진 살아야 할 텐데 죽은 듯이 가야 하는데 손톱 발
톱이 파고들어도 아픈 줄도 모르는 살로 오늘이 누구 제삿
날인가 허연 머리카락과 부러진 뼈들로 빨리 죽어야 하는데
애들이 산소도 마련해 놓았어요 기저귀를 채운 음부를 가리
며 오늘이 내 생일인가 관 속에서 방금 건져낸 사람처럼 다
살아버렸는데 이제 더 살아 뭘 하겠어요 염한 삼베옷을 다
벗어젖히고 아, 임종의 순간이 이리도 길다니!

제3부

젖은 칸쿤을 말린다

스마트폰에서 물이 뚝뚝 떨어진다

스마트폰을 열었다 닫았다 할 때마다 칸쿤이 흘러내린다 스마트폰을 초기화하자 칸쿤이 순식간에 삭제된다 999장의 스냅 사진들이 스마트폰에서 사라졌다 발바닥은 산호섬을 걸어다니고 손가락은 바다를 휘젓는다 스마트폰 폴더를 열 때마다 내 몸에 붙어있던 모래 알갱이들이 따갑다 멕시코인이 구워주던 양고기 냄새가 난다 야자나무 숲에서 머리카락을 쓸어내리던 칸쿤 스마트폰에서 흘러나오는 칸쿤 물속을 헤엄치고 있는 칸쿤 내 발바닥은 산호섬을 더듬는다 스마트폰에서 아직도 상영 중인 칸쿤 물속에 잠긴 칸쿤을 내다 말린다 칸쿤 칸쿤 하얀 모래 해안선이 펄럭인다

죽은 스마트폰에서 칸쿤을 끄집어낸다
사라진 999장의 스냅 사진들이 동시 상영된다

발밑에서 수많은 바다 거북이들이 헤엄친다
나는 몸을 돌돌 말고 젖은 칸쿤을 말린다 칸쿤이 문 앞에 우두커니 서있다

시앗, 씨앗

　점방 유리문을 열고 들어가면 할머니 한 분 계시고 그 곁에 논 한 자리 팔아서 사 온 시앗이 있었다 씨앗을 파는 년은 큰 년 시앗은 작은 년이다

　무 배추 근대 시금치 꽃씨들이 팔려 나가고 돈 주고 사 온 시앗이 씨앗 집에 들어와 살았다

　아버지와 배가 맞았는지 공연히 배가 불렀는지 시앗이 다리를 오므렸다 폈다 할 때마다 씨앗들이 태어났다 모본 공단 이불 위로 붉은 물이 아롱졌다

　강산에 봄이 왔다 싹이 나고 잎이 났다 마당에는 백일홍이 색색의 꽃망울을 피웠다 아버지는 씨앗과 시앗 사이에서 빙글빙글 돌았다

　아버지는 술을 드시면 고복수 노래를 부르며 울었다 기둥을 붙들고 울었다 시앗이 으악새처럼 울었다 씨앗들이 소리 없이 울었다 이것이 슬픔의 시방인가

엄마가 시앗 등때기에서 아이 하나 떼어 올 때 앞산 뻐꾸기가 울었다 뻐꾹 나뭇가지를 옮겨 다니며 울었다 씨앗이 울고 시앗이 울고

서산에 뻐꾹, 시앗이 씨앗을 낳고 씨앗이 시앗을 낳고 뻐꾹, 뻐꾹, 자자손손 뻐꾹, 뻐꾹,

시크릿 가든

손가락이 휘청거린다 비밀번호를 입력하지 못하고
생년월일이 뒤섞인다
10030404 현관 번호 키는 두 아이의 생년월일을 입력하라고
요구한다
손가락이 비밀번호를 꾹꾹 누른다

일정한 속도를 유지하며 조금 느리게 정확하게
생년월일이 뒤엉킨다
술 취한 발자국이 문 앞에서 서성거린다
더듬더듬 비밀번호를 누른다
게이트맨이 비밀번호 오류 경고음을 날린다

누가 두 아이의 생년월일을 뒤섞어 놓았나
취한 손가락이 꾹꾹 누른다 밤공기가 꽈리처럼 부풀어 오
른다
오른 손가락과 왼 손가락이 얼굴이 홍채가 머리카락이 지
문들을 뒤섞는다

그는 여덟 자리 비밀번호를 오른 손가락으로
숫자들을 조합해 본다

두 아이의 뒤엉킨 비밀번호를 풀 수가 없다

오늘의 그는 어제의 문밖에 그대로 서있다

윈터 슬립

시장통 한 지붕 14가구, 1호 집에서 14호 집 막다른
나의 집

1호 집에서 14호 집으로 쥐들이 몰려왔다 사흘 낮밤 눈이
내렸다 지붕 위에서
쥐들이 떼로 우르르 몰려다녔다
시래기 마른 냄새가 나는 굴뚝 뒤에는 갓 태어난 분홍 쥐들이
오글거렸다

겨울 내내 천장은 소란했다 쥐들이 기둥을 갉아 먹고 방으
로 내려오기도 했다
쥐들이 문지방을 갉아 먹기 시작했다 아버지가 쥐들이 몰
려다니는 곳에 쥐약을 놓았다
어느 날 아침 옆집 오빠가 쥐약을 먹고 죽었다

그사이 죽은 동생이 태어났다 나는 엄마의 자궁을 빠져나
온 태를 머리에 이고 강으로 갔다
개천에 누린내가 진동했다

지금은 겨울 쥐 떼가 우르르르 먼 곳의 천둥처럼 몰려왔다

몰려간다 천장이 출렁거린다

　벌어진 틈으로 작은 새끼들이, 분홍 얼굴들이, 분홍 발가
락들이, 분홍 입술들이,
　나를 내려보고 찍찍거린다

　사흘 동안 눈이 내리고 난 사흘 동안 문밖에 나가지 않는다
　방 안에 이글루를 지어놓고 사흘 낮밤 잠을 잔다
　나는 감은 눈을 더 꽉 감는다

물수제비

이것은 고문에 가까운 이미지
한 남자가 저수지에서 물수제비를 뜨고 있다

돌멩이가 날아간다 팍, 팍, 팍,
돌멩이가 점점 더 멀리 날아간다
물이 비명을 지르며 찢어진다

매 한 마리가 물고기 한 마리를 물고 날아간다
뒤집어진 물 뒤집어진 물고기
허연 배를 드러내고 날아가는 새, 날아가는 물고기
날아가는 물

돌멩이가 날아간다 돌멩이가 날카로워졌다
물속에 비친 여자의 얼굴이 찢어진다

여자의 입을 맞히려는데 얼굴이 찢어진다
눈을 맞히려는데 눈가가 찢어진다 코를 맞히려다 입이
찢어진다 입을 맞히려는데 귀가 찢어진다

해체된 물의 여자가, 너덜너덜해진 물의 여자가

저수지 밖으로 걸어 나온다

저수지의 물이 엎질러진다

옆집 남자와 사랑하는 법

옆집 남자가 문 여는 소리 볼펜 떨어뜨리는 소리 의자를 당기는 소리 다 들린다
문학관에 시 쓰는 사람 소설 쓰는 사람 시나리오 쓰는 사람들이 모여들었다
귀신이 붙어있다는 이곳 창작촌에 들어와서 잠을 자지 못했다 침대를 거꾸로 해서 자보면
풍수지리학적으로 숙면을 취할 수 있을 거라고

옆집 남자가 돌아왔고 열쇠가 구멍을 찾는다 문이 열리기까지 오른쪽으로 왼쪽으로 내가 쩔쩔맨다
구멍에 갇힌 나는 몸 어디에 열쇠가 들어와 있는지 열쇠가 돌아가는 대로 내가 뒤척인다

딸깍 문이 열릴 때까지 심장이 펄떡거리고 몸이 달아오르고 음문이 열리고 샘물이 솟는다
옆집 남자가 샤워하는 물소리가 난다 그 물방울이 척척 내 몸에 달라붙는다

천장 위에서 열쇠들이 까마득히 내려와서 내 몸 위로 철거덕 달라붙는다

능금 한 입 베어 물고

아스팔트가 우굴우굴 몸을 접는 게 보였는데요 전봇대가 기둥서방처럼 서서 바라보고 있었는데요

지하에서 쿵쿵 드럼 치는 소리 들렸는데요 덩달아서 나도 고래고래 노래 불렀는데요 아스팔트 바닥에 가방 베고 드러누웠는데요

오늘은 무슨 기념할 만한 날인가요? 백세주를 버무려 음주 가무를 했는데요 목젖이 부어오르고 얼굴이 화끈 달아오르는데요

아파트 담벼락 위로 올려다보니 능금나무 한 그루 서있었는데요 능금 한 입 베어 물고 저 위에 누군가가 틀림없이 다시 보자고 손 내밀고 있었는데요

콘크리트 바닥이 일렁거렸는데요 자꾸 발바닥을 간질이는데요
검은 콜타르가 전신에 들러붙어 치근덕거리는데요

초승달 하나 떠서 내려다보는데요 능금나무 아래 누군가 여자의 머리채를 잡고 계단을 올라가는 게 보였는데요

바람이 씀바귀 이파리에 올라타고

잠자리 한 마리가 하는 동안
수구름이 암구름 위에 올라타고 수바람이 암바람 위에
올라타고
숫염소가 암염소 위에 올라타고 수캐가 암캐 위에
올라타고
햇빛에 눈이 찔리는 줄도 모르고

한다 태어날 때부터 한 것처럼
한다 잠자리 한 마리가 줄기의 탄성에 몸을 맡기고
한다 고라니도 검은 똥을 수북이 쌓아놓고
한다 뱀도 밤새 무덤 속을 드나들면서
한다 내 집도 아니고 남의 무덤가에서
한다 봄볕이 내리쬐는 무덤가에서
한다 6도 아니고 9도 아닌 자세로

잠자리 다리 한쪽 들고 날아간다
덤불 속에서 고라니 한 마리 놀라서 훌쩍 달아난다

내 집도 남의 집도 아닌 무덤가에서

새를 잃어버린 밤

아롱아, 아롱아, 새를 찾는 소리가 아파트에 퍼졌다 누가 새들을 밤하늘에 풀어놓았나

손바닥 위에 앉은 새가 날아가 버렸다 밤은 새들의 군무 같고
밤을 잃은 사람은 새를 잃은 것 같고 새를 잃어버린 주인은 밤을 잃은 것 같고

나는 자꾸 손바닥을 폈다 접었다 하고 새가 그려놓은 지문이 접혔다 펴졌다 하고
잠깐 새의 얼굴을 본 것도 같은데 새의 흐느낌이 들리는 것도 같은데

날아간 새는 어느 나뭇가지에서 잠을 자는가 나는 손바닥을 내려다보며 새를 불러본다
새장 안에는 깃털만 가득하다

손바닥에서 수천 개의 새 발자국이 돋아난다

팔려 간 책

팔려 간 책이 아니라 팔아먹은 책

돌 반지를 팔아먹고 결혼반지도 팔아먹고 과수원도 팔아
먹고 집도 팔아먹고
더는 팔아먹을 게 없자 한국 단편 전집을 팔아먹고 국어
사전도 팔아먹고

팔리지도 않는데 팔려 가는 책

아저씨 그 책은 안 돼요 이 책은 안 돼요
팔려 가는 책을 보면서 책을 부여잡고 놓지 못한다

아버지가 사주신 한국 단편 소설집을 팔아서 동생은 여
친 다이아 반지 해주고 다이아 반지 팔아서 오토바이 사고
오토바이 팔아서 덤프트럭 사고 덤프트럭 팔아서 지프차 사
고 지프차 팔아서 아내를 사고 아내 팔아먹고

동생은 홀연히 사라졌다

어느 날 아버지는 엄마를 팔아서 냉장고를 산 걸까 냉장

고를 팔아서 새 엄마를 산 걸까

　엄마는 냉장고를 볼 때마다 한숨을 내리쉬었다

　아직 팔아먹을 게 남았는가 난 산처럼 쌓아놓은 책을 다
팔어먹은 듯이 텅 빈 방에서 팔아먹을 것들을 생각한다

　식용유가 떨어진 것처럼 나는 또 서점에 책을 사러 나간다

계절감

영국 왕실 엘리제궁에서 사용한다는 로열 앨버트 커피 잔을 보내왔습니다 나는 계절을 선물 받았습니다 장식장 위에 1월, 2월, 3월, 4월…… 12월을 나란히 놓았습니다

당신은 지금 어느 계절을 살고 있습니까? 나는 3월의 커피 잔을 꺼내 식탁 위에 놓았습니다 수선화 꽃잎이 피었습니다 오늘의 향기는 오늘의 감각입니다 커피를 내리고 신맛 단맛 끝에 오는 꽃향기를 맡습니다

어느 날 갑자기 장식장이 내려앉았습니다 커피 잔이 깨졌습니다 봄 여름 가을 겨울이 흩어집니다 난 깨어진 계절을 맞추어봅니다 계절이 유리처럼 날카로워지고 계절이 꽃으로 태어납니다 당신은 어느 계절입니까?

1월의 찻잔이 여름을 향하고 4월의 찻잔이 겨울을 향하고 오늘의 찻잔에 물방울꽃이 태어나고 오늘의 부엌에 홀로 떠있습니다 나는 온몸에 금이 간 계절입니다

모래의 시

모래언덕은 물을 머금고 있다가 비를 뱉어내고 나는 비를 맞으며 걷다가 스스로 해안이 되어 서있고

흘러내리던 모래들이 방향을 바꿔 무늬를 만들고 사구는 여자의 손바닥을 훑고 한 무리의 사람들이 모래언덕을 넘어가고 그들이 어디서 왔는지 알지 못하고

해안 7길을 따라왔다고도 하고 먼 바다를 건너왔다고도 하고 소나무 숲을 지나 목책 따라 왔다고도 하고 모래무늬를 따라왔다고도 하고 동쪽으로부터 왔다고도 하고

바닷물이 해안선을 지우는 것을 보았고 모래가 사라지는 것을 보았고 안개 속 풍경 같은 풍차를 보았고 나무 계단을 보았고

모래바람이 제 몸을 뒤척여 아침을 몰고 오는 것을 보았고

소금밭을 걸어가다

치킨 가게 바닥이 번들거린다 아무리 닦고 문질러도 기름 바닥이 잘 지워지지 않는다

땀을 뻘뻘 흘리며 소금밭을 걸어간다 미끄러지다 미끄러지다 어쩌다 이곳까지 왔을까

아무리 소금으로 입을 닦고 얼굴을 문질러도 씻어지지 않는 것이 있다 낙타처럼 소금을 먹고 이 사막을 걸어야 하나

바닥을 닦는다 무릎을 꿇고 용서를 구하는 사람처럼 누구에게 용서를 구해야 하나 바닥을 닦는다 임대료는 하루 밀려도 문자가 날아든다 이틀 밀리면 다음 달부터 가게를 못하게 하겠다고 협박한다

끝 간 데 없는 바닥이다 바닥의 바닥이다 굵은 소금을 바닥에 뿌린다 바닥에서 짠 내가 번져온다 이 소금밭을 얼마나 더 걸어야 검은 바닥이 흰 바닥이 될까

무릎을 꿇고 바다을 닦는다 여기저기 핏빛 소금꽃들이
핀다

제4부

간을 보다

우리는 마주 보고 있다 당신의 간 수치를 나는 모르고 나는 당신의 붉은 간만 기억하기로 한다 아버지는 막 잡아 온소의 생간을 먹는다 애야 간 먹어라 참기름에 찍어서 꼭꼭 씹어 밥상머리에서 건네주는 간을 받아먹으면서 나는 입안에 도는 피 냄새를 맡는다 토종꿀이며 오곡을 보자기에 싸서 간 보러 다닌 아버지 자신의 간이 시커멓게 썩는 줄도모르고 어느 날 갑자기 공원묘지로 갔다 TV 화면 속에서도 간 보는 사람들이 우르르 복집으로 몰려간다 당신이 간 보는 사이 붉은 절벽 아래로 동백이 떨어지고 저수지 얼음이다 녹았다 매생잇국 간을 보는 저녁이다 혓바닥 위에 국 한 숟가락 올려놓고 소금을 넣을까 간장을 넣을까 매생이가 끓어 넘치는데 간 보다가 입천장이 데었다 냄비 속에서 둥둥 떠있는 거품을 걷어낸다 어딘가 하얀 소금 나라 있으리라 아침마다 배달되는 간 접시에는 대구 간 토끼 간 시뻘건 돼지 간 썩은 간 달고 맵고 싱겁고 비릿한 간을 본다 옜다 간 받아라 간을 펼쳐놓고 간을 본다 오늘은 싱싱한 게 없네 내 간을 꺼내 먹어본다 간이 짜다 흐물흐물하다 간이 배 밖에 나온 사람들의 얼굴이 클로즈업된다 나의 혓바닥은 점점 굳어간다 불 위에서 간이 졸아들고 있다 토막 난 간이 기름에 튀겨지고 있다

사과 1

오늘 수업은 무거움과 가벼움에 대하여 이야기하기로 하자 사과는 무거운가 가벼운가 중력을 거스르는 사과가 나무에서 떨어지는가

땅바닥에 뒹구는 사과들, 썩어가는 사과들, 벌레 파먹은 사과들, 장바닥에서 좌판을 벌인다

사과 장수가 행인들에게 사과를 깎아서 건넨다 이 사과 한번 잡숴봐 오늘 사과는 딴딴하고 육즙이 줄줄 흐르는 사과야 사과 사세요! 성냥팔이 소녀처럼 애절한 목소리로 사과 사세요 이거 청송에서 올라온 사과예요 사과즙이 줄줄 흐르는 사과를 들고 사과 장수는 이 사과 먹으면 예뻐져요 이거 드셔보세요 그런데 아저씨 왜 자꾸 토가 나오죠?

참을 수 없는 가벼움에 대하여 사과는 리허설이 필요한 걸까요? 티브이에 나와 사과하는 것들은 왜 다 수컷들이죠? 흐느끼는 것들은 왜 모두 암컷들이죠? 세상의 모든 사과는 수컷이라고요? 세상 모든 흐느낌은 암컷이라고요? 에이 그럴 리가! 그렇다면 사과는 동물성인가요? 식물성인가요?

벌레가 스멀스멀 기어 나오는 사과가 이빨 자국이 남아
있는 사과가 씹다가 버린 사과가 바지춤을 내리고 자위를
하던 사과가 겁내지 마라 너는 나의 그림자야 괘념치 말거
라 하던 사과가

내 무릎에 앉거라 우리 가볍게 사과하자 내가 사과를 따
줄게 침을 질질 흘리던 사과가 사과에 가볍게 혀를 날아 넣
고 입술을 비비대던 사과가 끈적끈적 흘러 내리는 사과가!

사과 장수가 사과를 깎아 건넨다
이 사과 한번 잡숴봐!

사과 2

플라멩코 선생님은 손을 머리 위에 올리고
발뒤꿈치를 들고 나에게 플라멩코 기본 동작을 가르쳐준다
사과나무가 여기 머리 위에 있다고 생각해 내가
사과를 따서 한 번 베어 먹고 땅바닥에 버려……
플라멩코 선생님은 탁자에 앉아있는 우리들에게
사과가 여기 있어, 따 먹고, 버려,
삼박자의 플라멩코 동작을 연속해서 보여 준다
나는 선생님을 따라 발뒤꿈치를 올리고 종아리에 힘을 주고
한 손을 머리 위에 올리고
사과를 쥔 손을 입으로 옮겼다가 땅바닥에 버리는 동작을
따라한다
선생님은 탁자 위의 사과를 가리키며
내 눈을 쏘아본다
플라멩코 동작이 마음에 들지 않은 탓일까
사과가 땅바닥으로 떨어지지 않고 깃털처럼 날아다닌다
손의 힘은 무거워져 기운이 빠지고
나는 플라멩코를 추다가 식탁에 앉는다
식탁 위에 내가 버린 사과들이 수북이 쌓여
있지 않다
플라멩코 선생님은 내 머리 위에 사과나무 묘목이라도

심으려는 듯
기필코 플라멩코 기본 동작을 배워야 한다고
계속해서 사과 따 먹는 동작을 보여 준다
아무래도 오늘 저녁은
플라멩코를 완성하지 못할 것 같다

농수로에 빠진 개

숨어있던 물 냄새가 올라온다 농수로에 갇힌 개 한 마리 머리가 꺾인 채
죽어있다 하고 싶은 말이 많은지 입을 앙 다물고 물에 쓸려 간다

까마귀 떼가 천지사방으로 흩어지면서 네가 죽였지? 네가 죽였지?
버려져 뒹구는 신발이 질경이 대신 알리바이를 팔고 납작하니 엎드려있는
개구리가 눈만 끔뻑거리고 있다

나는 물로 서서 물꼬를 잃은 물이 개 시신을 드나드는 걸 본다
소용돌이치는 물길이다

논둑을 걷다가 깜짝 놀라 발을 들었다 발밑에 뱀 한 마리 죽어있다
나무 꼬챙이로 뒤집어 보아도 실핏줄 하나 없다

물 밖이 물이고 물속이 물이다 날마다 농수로 물소리 거

칠다 신발 밑창 뚫린 것처럼

　물이 물을 밀어내고 있다 강아지 썩은 시신들이 논으로
흘러들어 간다

　온 생애의 물꼬가 터져버린 듯 온 천지가 죽은 개를
　먹고 있다

정오가 쪼개진다

하루가 두루마리 휴지처럼 늘어져 있다 정오가 호두파이처럼 쪼개진다

정오를 향하여 포크와 나이프가 나란히 정오 접시가 둥글게 정오 젓가락이 공중에서 정오

태양이 내 머리 위에 있다 동경 135도 정오가 지구 자전만큼 기울고 고압전선이 출렁거린다

여의도 빌딩 속에서 밥알이 터지듯 쏟아져 나오는 샐러리맨들 정오를 향하여 몰려간다 일제히 신호등이 파란불로 바뀌고

정오는 정오가 되기 위해 프라이팬 위에서 예열되었다가 정오를 향하여 배달원은 총알같이 달려간다

일용할 양식처럼 정오를 기다린 사람들 정오가 되자 문밖으로 나가고 싶어 안달이다 빌딩 문이 쪼개지고 산더미같이 쌓인 업무가 쪼개진다

푸른 신호등이 일제히 켜지고 사랑스런 인파들 사이로 정오가 쪼개진다 정오가 이스트처럼 부풀어 오른다

정오를 먹은 사람들이 불룩한 배를 어루만지며 걸어간다 뚱뚱해진 정오 홀쭉한 정오 쩝쩝거리는 정오들이 카페테라스로 몰려간다

잠시 태양을 멈추어 하루를 이틀로 쪼개고 이틀을 사흘로 쪼개고 수만 수천 겹의 정오가 쪼개진다

먹다 남은 정오의 조각이 접시 위에 놓여 있다

발푸르기스의 밤

   강 건너편에서 아이들이 연을 날리고 있어 풀리지 않은
연줄을 발목에 감고
   달려가고 있어

   밤의 굴뚝 속에서 너는 한없이 낮은 목소리로 속삭이지
네가 주문을 걸면
   나는 여자가 되었다가 남자가 되었다가 아이가 되었다가
어른이 되었다가

   이 연기가 북쪽으로 불려 가면 북쪽 왕이 태어나고 동쪽
으로 불려가면
   동쪽 왕이 태어나지

   네가 올 때마다 굴뚝에서 연기가 나 네가 굴뚝 밑을 지나
가면서 나를 기다리지
   하얀 구름이 하늘을 뒤덮어 앞이 보이지 않아

   나도 모르게 연기에 내가 스며든 걸까 여전히 굴뚝은 불
타고 굴뚝은 연기를 놓아줄 생각이 없고

밤은 어디에 있을까 네 안을 들여다볼 수 없어 아이들은
자꾸 태어나는데
머리 위 세상은 더 매캐해지고 더 낮아졌어

연기를 뒤집어쓰고 네가 이 밤을 뜨개질해 굴뚝을 빠져
나온 마녀처럼
나를 붙들고 있는 너는 연기인가 나인가

내 안의 개

1

마룻바닥에다 구멍을 뚫어놓고
초점을 맞추어본다

점점 구멍이 커진다 구멍에서 불이 뿜어져 나온다
나와 구멍 사이 끈을 당겨보았다
불 속에서 개 한 마리가 튀어나왔다

개들이 절벽에서 뛰어내린다
물 위에서 김이 모락모락 피어오른다

물 위에서 가죽 채찍으로 맞는 것처럼
상처투성이인 내가 뒹굴었다
절벽 위에서 누군가 내려다보고 있었다

비명을 지르며 뒤로 넘어졌다

2

아! 하고 내가 하품을 하면
그것이 나를 따라 하품을 한다

꼬르륵 배에서 소리가 나면
그것이 먼저 알아차리고 밥을 달라고 졸라댄다
내가 집 앞에 당도하면 그것이 먼저
나를 알아보고 꼬리를 친다
추우면 이불 속으로 기어들어 오는
그것이 있어
그 재롱에 빠져 시간 가는 줄도 모른다
그것이 네 다리인지 두 다리인지
자주 내 무릎을 베고 잠을 잔다
내가 푸푸 한숨을 내쉬면
그것이 따라 숨을 길게 내쉰다
그것의 심장 박동 소리가
내 심장 박동 소리인지 분간하지 못한다

3
네가 나를 덮고 내 속으로 들어온 것인지
네 속으로 내가 들어간 것인지
내가 벗어놓은 외투인지 네가 벗어놓은 외투인지
그 속에서 자고 기어 나와
그것이

당신의 그림자가 울고 있다[*]

골목은 나무들로 도열해 있다 나무들이 몸 안으로 그림
자를 새겨 넣고 있다
그림자들이 파랗게 몸서리를 친다

한 그림자가 콘크리트 벽을 붙잡고 흐느낀다 주먹으로 벽
을 치다가 어깨를
들썩인다 그림자는 벽에다 대못을 박듯이 울음을 박아
넣는다

거기 누구 계신가요? 벽으로 들어가려는 울음과 몸부림
치는 그림자 사이에서
흘러나온 울음이 손가락으로 내장을 비워 낸다

그렇게 벽을 쾅쾅 두드리지 마세요 집에 들어가면 실컷
두들겨 맞을 여자가
있잖아요 자꾸 두드리면 벽에서 핏물이 올라와요

그림자가 주먹을 쥐었다 폈다 하다가 이윽고 구두 속에
울음을 구겨 넣고 간다
달빛이 그림자를 끌고 간다

늑골과 늑골 사이에 울음을 장전한 그림자가 계단을 오른다 여자가 문 그림자 뒤에

숨는다 나무가 허물을 벗고 울음이 골목을 가득 채운다

* 로버트 존슨의 책 제목.

버드맨

오래전부터 그는 새를 꿈꾸었다 영원히 깨어날 줄 모르
는 시간 속으로
날아가는 꿈

그는 금빛 윙을 가슴에 달고 오색의 시차를 물들이고 돌
아온다
비행시간 이만 오천
새들의 지도를 따라 한 별을 돌고 돈 거리

이 아침, 그가 태양을 향해 날아갈 때 하늘의 교차로에는
새들이 비명을 지르고
발밑에는 별들의 무리가 흩어진다
나타났다 사라지는 오로라 무리들 기괴하고도 낯익은 얼
굴들이
사방에서 솟구쳤다 사라진다

저 무한 속
새들의 바르도*를 읽으며 그대가 간다

---

* 바르도Bardo는 티벳 불교의 종교용어이다. 바르도Bardo는 둘(do)
  사이(bar)라는 뜻이다. 그것은 낮과 밤의 사이인 황혼녘이며, 이 세
  계와 저 세계의 틈새다. 티베트에서는 사람이 죽은 후 다시 환생하
  기까지 머물게 되는 중간 상태를 '바르도'라고 부른다.

금기어를 찾아서

바다라는 말은 신의 말 같아 해안가에서 서성거리다 밀려
오는 나무 지팡이 하나를 주웠다

아버지의 안부를 물어오는 사람이 있어 그 사람의 따귀
를 때렸어 아버지의 안부는 내게 욕 같아서 그렇지만 아버
지라는 단어는 내겐 아주 오래된 단어

다시 돌아가고 싶지 않은 말 아무도 내 앞에서 내뱉시 못
하는 말 자다가도 벌떡 일어나게 하는 말 무덤으로 달려가
게 하는 통곡 같은 말

오늘 밤 문득 잠들지 못하게 하는 말 하나가
무덤 속을 파헤치고 열두 겹으로 싸인 수의를 벗기고
묻고 묻고 묻어도 떠오르는 말 하나가
피를 거꾸로 솟게 하는 말 하나가 눈을 감아도 감아도 보
이는 말 하나가
꿈속에조차 보이지 않던 말 하나가

파도에 떠밀려 온
지팡이 같은 말 하나를 벽에 걸어두었다

지구 반대편을 돌린다

난 조종사, 지금 바깥은 오로라의 세상.
이 광경을 당신에게 전송할 수 있을까

누가 북쪽에서 해가 뜬다면 믿겠어?
날짜변경선을 통과하는 중

당신은 어린 왕자에 나오는 것처럼
의자에 앉아서 떠오르는 해 지는 해를
볼 수 있겠네

내가 앉아있는 자리에서 막대기를 잡고
한 바퀴 돌면
지구 한 바퀴를 도는 것과 같아

그럼 당신은 알래스카 시간인가? 북극 시간인가?

지금 난 당신과 발을 맞대고 있어
지구본을 돌려봐
지구 반대편의 시간이 돌아가고 있어

당신이 지구 반대편에서 날아올 때 난 잠 속에서
고등어를 구우며 아침 식사를 준비하지

나에게 오고 있나요? 난 여기서 당신은 거기서
우리 발을 맞대고 지구본을 돌려요

지금 조종실 밖으로 보이는 이 광경을
어떻게 당신에게 전송할 수 있을까

오로라를 보았나요?

눈앞에서 오로라가 무리 지어 춤추고 있어
발밑에는 별들이 빛나고 있고

오로라 아래에서 누워 죽어도 좋겠어
그러면 다시 오로라로 태어날까?

잠시 후면 두 개의 태양을 볼 수 있어
하나는 내 머리 위에서 다른 하나는 발끝에서

저 너머로 달려오는 들소 떼를
어찌하여 여기서 알 수 있겠어?

그때 지하실에서 빛을 보았다

계단을 내려갔을 때 한 울음이 콘크리트 바닥을 긁어댔다
울음은 지하에서 땅속까지 파헤치며 발버둥을 쳤다

감자 더미에 묻힌 울음은 마루를 뚫고 솟구쳤으나 아버지
거친 숨소리만 들렸다

낮인지 밤인지 알 수 없는 날 나는 지하실에 갇힌 울음이
었다 울음이 장미 꽃잎을
숙성시키는 동안 빛 하나가 다가와 얼굴을 핥았다

깨고 싶지 않았지만 깨어났고 마루 틈 사이로 천지창조
처럼 빛이 쏟아졌다
눈부셔서 나는 눈을 뜰 수 없었고

빛은 지하실을 어슬렁거리며 돌아다녔다 그때 빛은 비밀
스런 걸음으로 다가와
내가 지하실에 갇혀있는 동안의 시간을 헤아렸다

지하의 아홉 번째 계단에 올라서면 장미꽃이 만발한 마
당이 보였다

장미밭에 물을 주는 아이가 보였고 장미 나무 접을 붙이는
아버지가 보였다

흑장미 백장미 황금 장미들이 탄생하고 어머니는 장미 꽃
잎을 따서 술을 빚었다
나는 장미 꽃잎을 세다가 잠이 들었다

(지하실의 장미 술독은 얼마나 향기로웠던가)

장미주가 익어가는 동안 빛이 어룽거리며 항아리를 흔
들었다
빛은 낙타가 되었다가 호랑이가 되었다가 정수리를 관통
하고 몸을 빠져나갔다

그때 한 울음이 빛이 이끄는 대로 지하실을 나왔고 장미
향기 가득한 수도원으로 갔다

빈집인 줄 알고

머리맡에서 누군가 운다

비둘기 두 마리 난간에 앉는다 몸을 부르르 떤다 내가 아슬아슬하다 젖은 눈으로 나를 쳐다본다 아무도 살지 않는 낯선 행성인가 유리창에 길게 똥을 내지르고 날아간다

비둘기가 초고층 아파트 실외기 옆으로 주거지를 옮겼다
유리창 밖 좁은 난간에 나뭇가지를 물어다 집을 짓고 깃털 깔고 밤마다 구구구구 운다
눈에 불을 켜고 운다 파랗게 운다

사나흘 낮밤을 문 닫아건다 택배 기사도 초인종을 누르고 가고 우유 아줌마도 문 앞에 우유를 두고 간다 빈집인 줄 알고 나도 내 그림자를 지운다

초록으로 뒤덮인 산이 하늘을 향해 구구구구 운다 통유리창을 통해 그림자가 희끗 지나간다 베란다 난간에 그림자가 앉아있다 문이 닫혀 있는데 빛이 쏟아져 들어온다

나는 거실 한가운데 앉아 빛줄기를 땋는다 가닥가닥 실금
이 가있다 비둘기가 유리창에 길게 사선을 그으며 똥을 내
지른다 내가 입은 옷에 얼룩이 진다

　떨어진 빛을 쓸어 담아 뭉치를 만든다 한 뼘씩 자라는 빛
의 가닥을 꼬아본다 나를 휘감는다 유리창에 길게 금이 그
어진다 한 그림자가 유리를 통과하여 지나간다 다시 오지
않는다

해 설

끝없는 순환의 길

이경림(시인)

　『죽음의 한 연구』를 쓴 소설가 박상륭은 '한 작가가 자신의 작품을 쓰는 일은 새로 우주 한 벌을 짓는 일'이라고 표현했다. 이 말은 한 인간에게 일어나는 온갖 소소한 사건들이 바로 이 우주의 역사이며 그것을 쓰는 일은 우주를 기록하는 일이라는 뜻으로 읽어도 될 것 같다. 그런 의미에서 보면 시인이나 작가의 그 피나는 열정과 노력은 바로 자신만의 '우주 한 벌을 짓는 일'만큼 어려운 일이라는 생각이 든다. '우주 한 벌 짓기'란 말의 어원은 종도宗徒를 많이 거느린 힌두교 성자聖者들이 자기 말을 잘 듣지 않는 신神들에게 화를 낼 때 뱉어내던 말이라고 한다. 왜냐하면 신神들의 육신이란 다만 이름에 불과하기 때문에 그 이름을 없애고 다른 이름을 세우면 결국 하나의 우주를 새로 짓는 것과 같은 것이 되기 때문일 것이다.

　박상륭은 우주를 '몸의 우주' '말씀의 우주' '마음의 우주' 이렇게 셋으로 나눈다. 이것을 불교적으로 해석하면 삼세三世의 다른 이름이기도 하겠다. 그런 관점에서 보면 삶과 죽음은 그 세 우주, 즉 '삼세를 순환하는 존재의 이동 과정'에 다름 아닐 것이다.

　인간의 탄생과 죽음의 과정을 그는 '겹겹의 자궁' 속을 유전流轉하는 일이라 말한다. 그 '겹자궁'의 가장 작은 단위는 사람 몸의 한 기관인 '자궁子宮'일 것이다. 인간은 인과의 사슬 속에서 그곳을 둥지로 한 씨앗처럼 생겨나 팔다리가 생기고 얼굴이 생기고 눈, 코, 입이 생겨 한 인간의 모습을 갖춘다. 그리고 어느 날 알 수 없는 힘에 떠밀려 좁고 캄캄한 애옥 길로 밀려나고 그 끝에서 또 다른 자궁인 이 세상으로 밀려나와 이녁의 울음을 울게 되는 것. 그 힘은 대체 어디서 오는 것일까? 그렇게 부지불식간 도착한 이곳은 또 어딜까? 아무도 모르는 채 그저 그 이상한 파도에 쓸려 다니는 것이 생일 것이다. 그런데 어딘지도 모르는 이곳 역시 어느 커다란 자궁의 속이라는 것이 박상륭이 말하는 겹자궁의 본모습이다. 이런 그의 생각을 따라가 보면 인간은 모태 속에서 밀려 나올 때 이미 한 번의 죽음(그곳의 생을 끝냈으니 죽음이라 할 수 있을 것이다)을 겪은 존재이다. 이렇게 저쪽의 삶이 이쪽의 삶으로 변환하는 과정을 탄생과 죽음이라 말하는 것이다. 그런 순환이 시간의 본질이라 생각해도 좋을 것이다.

이 시집은 두 가지 패러다임을 담고 있다. 하나는 일상 속에서 발견되는 생의 본질을 시로 보여 줌으로써 독자로 하여금 생이 무엇인지 성찰케 하는 시들이고 또 하나는 가장 작은 단위의 자궁의 주인인 여성 문제를 현실 속에서 찾아 보여 주는 매우 페미니즘적인 문제의식이라 할 수 있다. 시인은 생산과 생육의 주체인 여성이 수세기 남성우월주의에 피해자가 되어 비인간적 삶을 살아온 여성들의 삶을 시라는 방편으로 간증하듯 보여 준다. 그 시들은 대부분 기억 속 어린 계집아이의 입을 통해 증언되고 있는데 중요한 것은 만인 평등이 기본 이념이 된 현대에도 적지 않은 여성들이 피해자가 되어 살아가고 있다는 사실이다. 시 속에는 그저 일상처럼 보이는 일이 곰곰 들여다보면 누구나 공분公憤할 섬찟한 장면이 되어 클로즈업되며 충격을 주기도 한다. 그런 의미에서 보면 이 시집은 여성문제가 구시대의 유물처럼 취급되어 가는 이 시대에 여성의 정체성을 다시 생각하게 하는 좋은 텍스트가 될 것 같기도 하다.

시집 속에는 우선 가부장적 힘의 상징인 아버지가 등장하고 그가 휘두르는 폭력의 대상으로서 여성들이 등장한다. 그런데 그녀들은 어린 여자아이거나 아직 태어나지 않은 채 성별만 밝혀진 여아이거나, 딸만 잔뜩 낳아 기죽은 채 존재감 없이 사는 아내, 심지어 목매 죽은 엄마까지…… 약자라 이름 붙이기에도 눈물겨운 존재들이라는 것이 공통점이다. 아버지라 지칭되는 권력 아래 말을 빼앗기고 존재 자체를 부정당하며 벙어리나 다름없는 삶을 사는 것이 그들이다.

다음의 시를 보자

물이 끓고 있었고
방 안은 수증기로 가득했고
저 하얀 물을 건너가려고

나는 얼굴 없는 시간 속에 깊숙이 잠겨있었고
그곳은 물의 집이었고

또 계집애야? 치워버려!

꿈인 듯 아버지의 목소리를 들었고
미세한 떨림, 미세한 숨결이 다리로 전해졌고

나도 모르게 나는
하나의 물방울로 까만 꽃씨로 하얀 꽃으로
물의 자궁을 떠다니는 익사체로 도망치기 시작했고

아득한 어느 시간의 밖에서
문득, 물의 기척을 느꼈고
물 위를 잠방잠방 건너오는 한 아이의 다리를 보았고
겁에 질린 아이의 늘어뜨린 팔을 보았고

문밖에서 누군가
아직도 살아 움직여
하는 소리를 들었고

나는 다시 물속을 이리저리 도망치기 시작했고

빽빽한 실핏줄의 그물에 뒤엉켰던 어느 꿈속처럼

물 위로 떠올랐고

허공에서 뜨거운 물이 확 쏟아졌고

—「태어나지 않은 집」전문

이 시에는 막 태어난 태아의 입을 빌려 처음 경험한 이 세계의 폭력의 실상을 증언하고 있어 섬찟하고도 가슴 아프게 한다.

이 시의 화자는 막 태어난 신생아. 그가 이곳에 와서 처음 만난 것은 "또 계집애야? 치워버려!" 하는 살의에 찬 아버지의 목소리이다. 그 소리를 들은 아이는 본능적으로 도망치기 시작한다. 아이는 이렇게 말한다. "나도 모르게 나는/ 하나의 물방울로 까만 꽃씨로 하얀 꽃으로/ 물의 자궁을 떠다니는 익사체로 도망치기 시작했고"라고. 참으로 섬찟하고도 가슴 아픈 시이다. 시시각각 다가오는 위협에 보호색을 바꿔가며 딴에는 전속력으로(?) 도망치는 불쌍한 아기 이구아나!

또 한 편을 보자 이 시에는 어린 소녀가 무슨 잘못인지 지하에 갇혀 울다 탈출하지만 그곳은 수도원이란 더 확실한 침묵의 제도권 속이었다는 것. 우리 속담에 뛰어야 벼룩이란 말처럼 그녀가 탈출한 곳은 사실 장소만 다르지 어떤 항거도 할 수 없는 어둠의 속이라는 점은 같다고 할 수 있다.

말하자면 그녀가 선택한 도피처는 태어나기 이전 그 살의 자궁 속처럼 침묵이 물처럼 고여있는 곳, 수도원이라는 이름의 또 다른 자궁의 속이 아닌가. 이 시집에 나오는 이미지 중 대부분은 도피처로서의 자궁의 이미지인데 그것은 아마도 항거할 길 없는 폭력에 대책 없이 노출되느니 차라리 태어나기 이전. 그 침묵의 공간으로 돌아가고 싶다는 회귀본능에서 기인된 것이 아닐까 생각된다.

   계단을 내려갔을 때 한 울음이 콘크리트 바닥을 긁어 댔댔다 울음은 지하에서 땅속까지 파헤치며 발버둥을 쳤다

   감자 더미에 묻힌 울음은 마루를 뚫고 솟구쳤으나 아버지 거친 숨소리만 들렸다

   낮인지 밤인지 알 수 없는 날 나는 지하실에 갇힌 울음이었다 울음이 장미 꽃잎을
   숙성시키는 동안 빛 하나가 다가와 얼굴을 핥았다

   깨고 싶지 않았지만 깨어났고 마루 틈 사이로 천지창조처럼 빛이 쏟아졌다
   눈부셔서 나는 눈을 뜰 수 없었고

   빛은 지하실을 어슬렁거리며 돌아다녔다 그때 빛은 비밀스런 걸음으로 다가와
   내가 지하실에 갇혀있는 동안의 시간을 헤아렸다

지하의 아홉 번째 계단에 올라서면 장미꽃이 만발한 마
당이 보였다
　장미밭에 물을 주는 아이가 보였고 장미 나무 접을 붙이는
아버지가 보였다

　흑장미 백장미 황금 장미들이 탄생하고 어머니는 장미 꽃
잎을 따서 술을 빚었다
　나는 장미 꽃잎을 세다가 잠이 들었다

　(지하실의 장미 술독은 얼마나 향기로웠던가)
　　　　　　　　　—「그때 지하실에서 빛을 보았다」 부분

　무슨 이유에선지 마루 밑 감자 더미가 쌓여 있는 지하실
에 갇혀 내보내 달라고 울며 몸부림쳤으나 거부당한 상황.
그 시간이 며칠이었는지 몇 달이었는지 단 하루였는지는 그
리 중요한 것이 아니리라. 중요한 것은 그 캄캄한 속에서 닫
힌 문을 두드리다 지친 그 여자아이의 "울음이 장미 꽃잎을/
숙성시"킨다는 것이다. 이 구절 속에는 한 존재가 숙성되기
위해 얼마나 깊은 울음을 필요로 하는지에 대한 시인의 물
음이 들어있다. 모든 존재는 울음이다. 꽃이 아름다운 것
은 그것이 울음의 절정에서 피어나기 때문이 아닐까? 하여
그 울음들이 우주의 근원인 빛을 부르고 그 빛의 힘으로 절
망에 지친 소녀는 일어날 수 있는 것이라고 시인은 말한다.
　결국 스스로의 울음의 힘으로 소녀는 장미꽃이 만발한 마
당을 볼 수 있었고. 장미밭에 물을 주는 아이와 장미 나무에

접을 붙이는 아버지 그리고 다투어 탄생하는 장미들이 있는 세계를 엿볼 수 있게 된 것이다. 그러고 보면 진실로 무서운 것은 절망의 힘이 아닌가? 이 시에 나타난 소녀의 소원은 아주 소박하고 작은 것이었다. 그것은 다만 "장미 꽃잎을 세다가 잠이" 드는 것. 어처구니없고도 아름다운 이 소원을 짓이기는 힘은 대체 무엇일까? 그것이 역사이고 그것이 관습일까? 제도권일까? 결국 그녀는 집을 나와 장미꽃이 만발한 수도원으로 가지만 그곳은 또 다른 완강한 자궁의 속이다.

이은 시인은 어쩌면 이 시대의 마지막 페미니스트일지도 모른다. 많은 시인들이 페미니즘을 지나간 시대의 유물쯤으로 슬그머니 밀어놓고 싶어 한다는 걸 알면서 그녀는 서럽게 살다 간 어머니에 대하여 아버지의 폭력으로부터 벗어날 수 없었던 또래 여성들에 대하여 겉으론 아닌 척 가면을 쓰고 있지만 프레임 자체는 좀처럼 변하지 않는 동시대 여성들에 대하여 조심스레 말하고 있는 것이다.

다음 시에는 그런 환경을 견디다 못해 목매 죽은 여인이 등장한다.

엄마가 죽었어요 겉옷도 벗지 않은 채 그것이 죽음에 대한 예의인가요 목을 매달고 죽은 엄마의 옷장에는 입지 않은 검은 옷들이 가득했어요 옷장 문이 스르르 열리고 옷들이 쏟아졌어요 팔다리가 뒤엉킨 옷들이 시체처럼 몸을 빠

저나갔어요 웃을 빠져나온 팔이 되어 꿈틀거렸어요 엄마가
죽었어요 그날 밤 엄마가 빠져나가는 소리가 모래사막에 쓸
려가는 바람 소리처럼 들렸어요 넥타이 목줄이 팽팽하게 조
여왔어요 창밖으로 늙은 개 한 마리가 지나가고 있었어요
목이 딸려 올라갔어요 엄마는 발끝을 바닥에 닿지 않으려
고 얼마나 몸을 둥글게 말았을까요 발끝과 바닥 사이가 너
무 멀었어요 엄마가 죽었어요 나는 네 발로 기었다가 걸어
갔다가 누군가의 손을 잡았어요 제 엄마예요 예쁘죠 애들
아, 우리 엄마야, 이모는 왜 이리 이쁠까요 아빠는 이모라
는 여자를 데리고 왔어요 엄마가 죽었어요 엄마는 나에게
밥을 해주고 싶어 하는 여자 난 이모를 엄마라 부르기 시작
했어요 엄마, 엄마 자꾸 부르니 이모가 나에게 맛있는 걸
주었어요 이모가 나를 안아주었어요 그날부터 난 예쁜 이
모의 껌딱지가 되기로 했어요 입안에 넣고 불면 부풀어 오
르는 껌 입천장에 딱 붙어 떨어지지 않는 껌 입안에서 혀처
럼 굴러다니는 껌 둥글게 말았다가 삼켜버린 껌 이빨이 아
프도록 씹다가 목구멍에 철썩 달라붙은 껌 껌딱지 엄마가
죽었어요 단물이 그리워지는 밤 내 음경에서 빠져나온 별들
이 밤하늘에 축포를 쏴 올려요 창문 밖에서 누군가 발끝으
로 걸어가고 있어요 발바닥과 바닥 사이 아무것도 없는데

—「발바닥과 바닥 사이」 전문

시에 나타난 엄마의 죽음은 아마도 남편의 외도 때문인
듯하다. 화자는 아직 걸음마를 못 배운 어린아이. 어느 날
아빠는 이모라는 젊고 예쁜 여자를 데려왔고 화자는 직감적
으로 이 여자의 껌딱지가 되어야만 살아남을 수 있겠다고

판단한다. 왜냐하면 자신의 껍딱지이던 엄마가 어느 날 문득 사라졌기 때문이다. 화자는 엄마의 슬픈 기억을 떠올리며 "엄마는 발끝을 바닥에 닿지 않으려고 얼마나 몸을 둥글게 말았을까요" 하고 묻고 있지만 그것은 예사롭지 않은 임종에 대해 던지는 근원적 질문이다, 특히 "발끝과 바닥 사이가 너무 멀었"을 것이라는 대목은 엄마가 오히려 괴로운 현실에 발이 닿을까 봐 몸부림친 것을 알아챈 발언 같아 가슴 아프다. 특히 마지막 행인 "누군가 발끝으로 걸어가고 있어요 발바닥과 바닥 사이 아무것도 없는데"라는 마지막 구절은 우리가 살아가는 이곳과 이곳의 모든 존재들이 마치 그림자처럼 실체가 아닌 환영에 불과한데 그 무엇이 있다고 믿고 애증하고 서로 얽히며 살아가는 어리석은 현상에 대한 아이러니를 말하고 있는 듯하다.

다음 시에는 물수제비를 뜨는 한 남성의 행위를 그대로 그린 것인데 같은 현상이라도 관찰자의 시선에 따라 시가 얼마나 다르게 나타날 수 있는지 보여 주고 있는 좋은 예라 할 수 있다

이것은 고문에 가까운 이미지
한 남자가 저수지에서 물수제비를 뜨고 있다

돌멩이가 날아간다 팍, 팍, 팍,
돌멩이가 점점 더 멀리 날아간다
물이 비명을 지르며 찢어진다

매 한 마리가 물고기 한 마리를 물고 날아간다
뒤집어진 물 뒤집어진 물고기
허연 배를 드러내고 날아가는 새, 날아가는 물고기
날아가는 물

돌멩이가 날아간다 돌멩이가 날카로워졌다
물속에 비친 여자의 얼굴이 찢어진다

여자의 입을 맞히려는데 얼굴이 찢어진다
눈을 맞히려는데 눈가가 찢어진다 코를 맞히려다 입이
찢어진다 입을 맞히려는데 귀가 찢어진다

해체된 물의 여자가, 너덜너덜해진 물의 여자가
저수지 밖으로 걸어 나온다

저수지의 물이 엎질러진다
—「물수제비」 전문

　　다만 누군가 물수제비를 뜨는 장면이 나타나 있을 뿐인
이 시는 장난으로 던진 돌멩이 하나가 수면을 치며 날아갈
때 그 물소리 속에서 문득 남성 폭력에 시달리는 한 여인이
떠오르고 있어 흥미롭다. 물수제비 뜨기에 재미 들린 남성
은 쾌감에 젖어 점점 난폭하게 돌멩이를 휘두르며 물 위에
그려진 여인의 입을 맞히려 하는데 그만 얼굴이 찢어진다.
다시 눈을 맞히려는데 눈가가 찢어진다, 코를 맞히려는데
입이 찢어진다, 입을 맞히려는데 귀가 찢어진다. 결국 남자

의 잔인한 장난에 발기발기 찢겨 해체된 여자 하나가 저수지에서 걸어 나온다.

이 잔인하고도 도발적인 시는 한 남성의 심심풀이용 성폭행이 한 여성의 인생 전체를 망가뜨릴 수 있다는 것을 보여 주고 있다. 시인의 이런 페미니즘적인 텍스트들은 사실 누군가 한 번쯤은 정식으로 짚고 가야 했을 여성의 정체성과 권익 문제에 대한 역사적 과제에 닿아있다고 볼 수 있다.

어쩌면 여성은 신체 구조 자체가 슬픔의 상징으로 만들어진 것인지도 모른다. 여성은 일정한 나이가 되면 한 달에 한 번씩 자신의 몸이 자신을 초월해 자신을 증명하는 것을 보게 된다. 몸 스스로 자신을 움직여 일정한 주기로 순환하고 고동치면서 스스로의 프로그램을 만들어가는 것을 여성은 타인처럼 당황스레 볼 수밖에 없다. 어느 때는 자신의 몸이 우는 소리를 듣기도 한다. 어떤 간절함이 자신의 몸을 피 울음 울게 할 때 여성이 할 수 있는 일은 다만 그 울음을 들으며 몰래 피 흘릴 일밖에 없음을 절감하는 슬픈 존재다. 그런 의미에서 어쩌면 여성은 슬픔의 원형인지도 모른다.

위의 시들이 이 땅을 거쳐 간, 아니 지금 살고 있는 여성들의 고통스런 삶을 쓴 것이라면 다음의 시들은 거기서 더 나아가 이 고통을 있게 하는 생의 본질이 무엇인지 조심스레 짚어보는 시들이라 할 수 있겠다. 그는 이 폭력적인 삶을 휘몰아 가는 어떤 힘이 분명 있을 거라 생각하고 다음과

같이 쓰고 있다.

> 가 닿아야 할 곳이 있다 팔다리가 허공에 결박당한 채
> 꽃눈을 얹어야 할 곳을 찾아
>
> 얼었다 녹았다 한생이 흐물흐물해질 때까지
> 목질 내부를 왔다 갔다 하는
>
> 물줄기의 끝
> 도화선 속으로 타들어 가면서 붉은 피를 몰아간다
>
> ─「꽃 몰아가는 힘」 부분

위 시는 딜런 토마스의「푸른 도화선 속으로 꽃을 몰아가는 힘」이란 시에서 영감을 얻어 제목의 일부를 인용하여 쓴 작품인데 이 시에는 생이란 분명 어딘가 닿을 곳에 있어 태어나고 전속력으로 사는 것이라는 그의 사유가 잘 나타나 있다. 그녀는 그곳이 꽃들이 꽃눈을 얹는 곳과 같은 곳일 거라고 생각한다. 거기에 닿기까지 알 수 없는 힘이 생명의 푸른 도화선 속으로 불을 당기고 숨이 끊어지는 순간까지 붉은 피를 몰아가는 것이라고.

그렇다. 그 과정이 삶이요, 온갖 환희와 핍박과 굴욕의 현장이기도 하리라. 위의 시에 나타난 도화선이란 이미지 속에는 '생은 불꽃'이라는 이미지가 들어 있다고 할 수 있다
다음 시에는 그 불꽃의 이미지가 잘 나타나 있다

불씨가 불씨를 삼키고 뱉어낸다 불덩이가 무덤 열 기를
태우고 내려온다

백 년 동안 무덤 속으로 스며든 불씨가 산 하나를 다 먹
어치우는 동안
불의 산, 불의 나무들이 넘어진다

불의 집으로 들어간다 불씨가 육신들을 불러 모은다
—「불의 집」 부분

산불의 현장을 쓴 이 시에서 시인은 생명의 근원이 "불"
임을 의심하지 않는다. "백 년 동안 무덤 속으로 스며든 불
씨"란 구절 속에는 죽음도 또 다른 불씨임에는 변함이 없다
는 생각이 들어있다. 그리하여 모든 존재는 사라지지 않고
불씨가 되어 잠재되어 있을 뿐이라고.

그의 시에 나타난 사유를 곰곰 보면 의외로 단순하다. 결
국 생은 순환이며 자리 바꾸기에 다름 아니라는 것. 다음 시
에는 그 자리바꿈의 과정이 재미있게 나타나 있다.

눈을 떠보니 방 안에 사우스조지아섬 황제펭귄이 들어
와 있었어요 하얀 벽을 배경으로 눈 폭풍이 몰아칩니다 TV
화면 속에서 펭귄이 알을 부화하고 있는 중이구요 난 오지
않는 잠을 끌어당겨 펭귄 자궁이 열리고 알이 떨어지는 순
간을 보았지요 내 발등에서 네 발등으로 알이 옮겨 다니는
동안 알이 떨어질까 봐 조바심쳤지요

남극 블리자드가 불어오기 시작했어요 누군가 먼저 휘파람을 불었어요 황제펭귄 수천 마리가 일사분란하게 허들링하기 시작했어요 일개 군단을 이루고 맨등으로 눈 폭풍을 맞고 있었어요 밖으로 밖으로 조금씩 몸을 비비며 안으로 안으로 몸을 밀며 들어가고 있었어요

지하철 역사 안 눈 폭풍을 피해 사람들이 밀려들었어요 온통 까만색 패딩을 입은 사람들이었어요 검은 펭귄들이 우글거렸지요 빙산 같은 콘크리트 벽을 배경으로 줄지어 서 있었어요 어둠 저 너머 눈보라는 멈추지 않았어요 빽빽이 들어찬 지하철 안은 더운 김이 푹푹 올라왔어요 그 순간 지하철은 적당히 흔들렸어요 그럴 때마다 펭귄 사람들은 조금씩 조금씩 몸을 비스듬히 세워 안으로 안으로 밖으로 밖으로 발을 옮겼어요

좌로 우로 둥글게 둥글게 나선형을 그리며 안에서 밖으로 밖에서 안으로 움직였어요 모자를 눌러쓴 남자의 콧김이 얼굴에 닿을 듯해요 이제 곧 빙하기가 올지도 몰라요 꽁꽁 언 발을 내려다보는 저녁이었어요

우리가 견뎌야 할 야생의 시간, 눈덩이를 알로 착각한 펭귄처럼 우리는 말없이 내 발등에서 네 발등으로 네 발등에서 내 발등으로 펭귄 알을 옮기고 있었어요 지하철 문이 열리고 어디서 눈보라가 들이치는지 한 무리 펭귄들이 들어왔어요 서로 몸을 비비며 안으로 안으로 밖으로 밖으로

옆구리로 옆구리로 온기를 전달하며 몸 비비는 동안 철
커덕철커덕 환승역이었어요 눈 떠보니 줄지어 자리에서 일
어나 문을 빠져나가고 있었어요 조금 전에 우리는 잠시 허
들링한 걸까요?

—「우리 허들링할까요?」 전문

시인은 티브이로 남극 사우스조지아섬에 사는 황제펭귄
의 겨울나기를 보며 한겨울 유행하는 까만 패딩을 유니폼처
럼 입고 지하철로 몰려들었다가 하나씩 빠져나가며 그 자리
를 누군가 다시 채우는 모습을 떠올린다. 그리고 전혀 다른
이 두 種이 본능에 있어 다를 바가 없다는 것을 발견한다.

그렇다. 펭귄처럼 나란히 서서 옆구리로, 옆구리로 온
기를 전달하며 체온을 나누는 동안 철커덕철커덕 환승역
이 오리라.

사실 남성이니 여성이니 폭력이니 억압이나 限이니 하는
것은 인간이 허들링을 하는 동안 치러내는 시간의 역사가
아닐까? 문제는 현재다. 현재 나는, 우리는, 어떻게 살고
있으며 살아갈 것인가 하는. 시인이 한결같이 어린아이의
입으로 간증하는 뜻도 거기에 있을 것이다. 어린아이의 눈
으로 어린아이의 입으로 어린아이의 마음으로 보고 말하고
행동할 때 모든 문제는 해결될 것이다.

끝으로 다음의 글은 아메리카 정복 당시 시애틀을 팔기

를 종용하던 정부에게 최후까지 굴복하지 않던 시애틀 추장
의 편지 중 한 대목이다. 후일 「시애틀 추장의 편지」로 유명
해진 다음의 글 속에는 자연, 아니 모든 것이 신성불가침의
존재들이어서 인간의 힘으로는 어떻게도 할 수 없는 존재들
이라는 것을 일깨워 주는 좋은 글이라 할 수 있다.

> '이 지구라는 땅덩이 한 조각 한 조각이 우리에게는 신
> 성한 것이올시다. 빛나는 솔잎 하나하나가, 모래가 깔린 해
> 변, 깊은 숲속의 안개 한 자락 한 자락, 잉잉거리는 풀벌레
> 한 마리까지도 우리에게는 신성한 것입니다. 우리는 나무
> 껍질 속을 흐르는 수액을 우리 혈관을 흐르는 피로 압니다.
> 우리는 땅의 일부요 이 땅은 우리의 일부입니다. 향긋한 꽃
> 은 우리의 누이입니다 곰 사슴 독수리 이 모든 것은 우리의
> 형제올시다……험한 산봉우리, 수액, 망아지의 체온, 사
> 람…… 이 모두가 형제올시다.'
>
> —「시애틀 추장의 편지」 부분

그렇다 모든 존재는 신성불가침이다. 하물며 사람이 사
람을 어찌할 수 있겠는가?

두 번째 시집인 이 시집에서 시인은 결코 간과해서는 안
될 여성의 문제, 나아가 존재의 신성함에 대해 짚어주고 있
었다. 그 목소리는 직설적이지 않고 육화되고 성숙한 목
소리였다. 그리하여 그 모든 아픔과 상처를 싸안고 어루만
질 수 있을 만큼 깊고 풍성한 사유의 세계를 보여 주고 있었
다. 시인의 정진을 빈다.